喜寿記念出版

里山の心

―絵手紙全国大会開催を祝って―

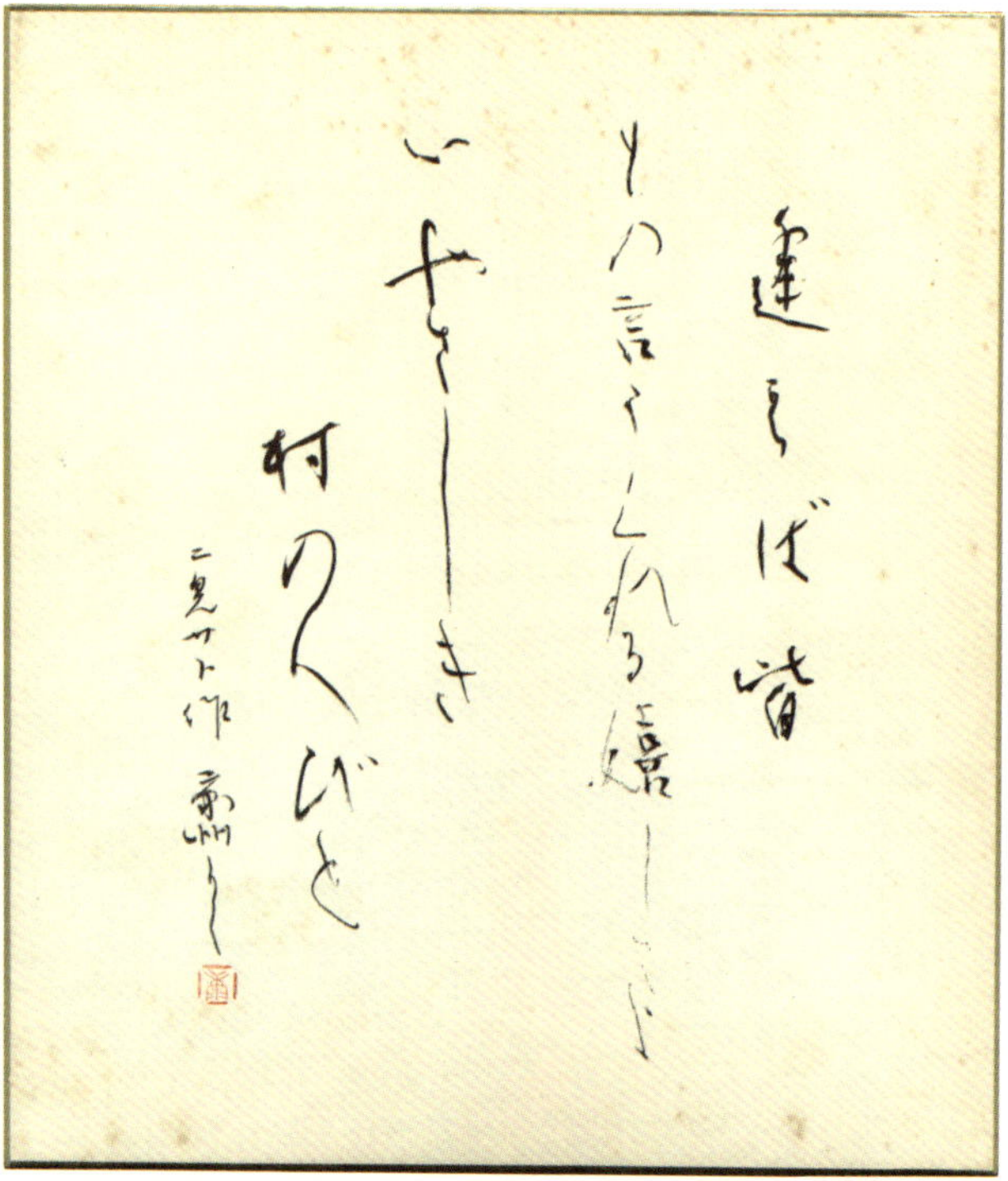

法元康州先生に揮毫していただきました。(本文38頁参照)

本書を我が父母に捧ぐ

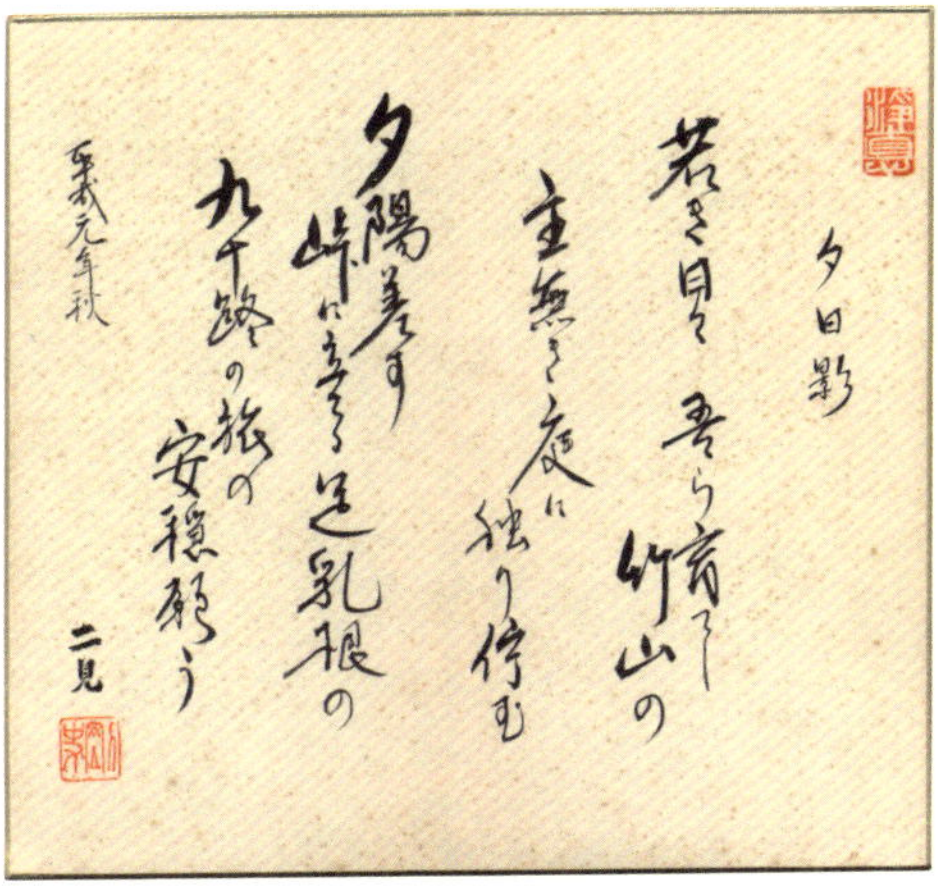

第８回溝辺ふるさと祭りに出品
父祖の地・実家の庭で詠んだ拙作です。

霧島市溝辺町竹子《たかぜ》

序

「里山」と聞くと何となく心が和む。広辞苑に見る里山とは（人里近くにあって、その土地に住んでいる人の暮らしと密接に結びついている山、森林）と味気ない表現である。現代のローカル的な里山とは（ふるさと、俗世間を離れた人里、農漁村の風景、人の営み、動植物の生態など）と解釈した方が良いと思う。

私の里山は霧島市福山町の限界集落にある。小川が流れ、山には小鳥が囀り、田畑にはトラクターのエンジン音が響く。牧之原に住むが、ほぼ毎日里山に帰って、狭い畑に季節の野菜を育てる。取り立ての野菜を、子や孫が笑顔で食している姿を想像すると何かしら心が躍る。また、そこが人生の始発駅、自分の遺伝子そのもの、これまでの人生の絵画がある処。これが私流の「里山の心」というべきか。

平成六年、長女が現在の志學館大学の前身、鹿児島女子大学に入学し、二見ゼミに属したことが先生との出会いであった。高校への学生募集や文化協会の仕事などで牧之原にも足しげく通って来られた。それからは色々な場所や会合などでお顔に接する機会が増えた。溝辺町竹山の高松城跡散策や竹山七夕灯篭祭にもお招きを頂いたが、率先して地域おこしをリードしておられるお姿は、まさに青年「二見剛史」氏であった。

昨年十一月、佳例川地区自治公民館主催の「新米ウオーキング」が開催された時のこと、二見先生は三キロコースに応募しておられたが、私が六キロコースの案内役と知ると、急きょ六キロコースに変更された。急坂のあるコースで、内心完歩されるのか不安もよぎったが、結果的にダウンしたのは私の方であった。ゴールするやいなや、両足が引きつり暫く動けないザマであった。日頃の運動不足を痛感したが、当の二見先生はケロッとしておられる。小中学校時代、毎日片道六キロの道を登下校されたとのこと。まさに筋金入りの青年の体であった。懇親会ではハーモニカで童謡「ふるさと」を伴奏され、私や鹿児島大学農援隊の学生たちが歌った。まさしく里山ソングだった。先生の多種多芸の一面を知る一日ともなった。

霧島市郊外の多くの里山は人口のバランスが崩れ、将来が危惧されている。先生が今回出版されるエッセー集『里山の心』を読まれた都会人たちヨ、たまには古里「里山」の話をしてみませんか。

激動の戦前・戦中・戦後の人生を力強く歩いて来られた二見剛史先生、これまで出版された数々のエッセー集には、その時々の様子や出会いや別れ、喜怒哀楽、家族への思いなどが満載されている。これからもお元気で、各種モチーフを駆使した、二見流のエッセー集発刊の連続を切望いたします。

平成二十八年　春

霧島市文化財保護審議会会長

前　田　義　人

もくじ

天地人

二十一世紀は私たちの時空、早いもので十五年目に入った。平成二十六年は昭和期の写真集づくりを地域で楽しみながら、祖国日本の来し方を眺めた。そして、私たちの使命は何だろうと思い始める。

新生日本を宣言して七十年目、本格的な活動が期待されている。世界平和など一朝一夕に出来上がるものではあるまいが、人間としての生命を天から授けられているお互いが自らの人生を振返りつゝ、心の羅針盤をリセットすべき秋にさしかかっていると自覚する。

私もリセットのベースキャンプにどうにか辿りつけた思いだ。何事も二極進行が望ましいと言われるから、たとえば「過去と未来」「都市と農村」「学問と労働」等、それぞれの良さ・大切さをじいっと見詰めながら、美しい世界をみんなで築いてゆけたら本望である。

最初から堅苦しい表現になってしまいそうだが、リセットの旅に出て思うのは足許の泉に新鮮な水を求めつつ天と地を見詰め合う態度が肝心だ。

先般『天地有情』なる随想集を出版した。その後人生リセットのステップを考えた時、ふるさとの原風景「里山」に注目したくなった。しかしただ里山だけでは意味がない。私たちは天地人と三拍子揃った世界を常日頃求めているのではなかろうか。そこで「心」という言葉に注目した。喜怒哀楽さまざまな心が行き交う日常だが、それでこそ人間社会、生と死を介在しながら精一杯生きぬいてゆく中で幸せを感じ合える人になれそうだ。里山の心には愛があり美がある。

私の理想とする世界は田園都市的生活環境だ。一九八〇年ブーメランに乗って父祖の地・生育の地に舞い戻ってきた時、空港まで出迎えて下さったのは有馬四郎溝辺町長だった。ふるさと創生を目ざして文化を運ぶ銀翼が発着する新鹿児島空港、霧島連山を背に南海が見渡せる桜島・錦江湾、上床公園や鹿児島女子大学のキャンパスに立つと、田園都市らしい里山風景が夢や希望を呼び寄せてくれる。有馬町長のお勧めもあり町境の霧ヶ丘に居を定め、親族や竹馬の友の応援を得て源喜の森で米つくりを再開できた。

本シリーズでは、全国の里山風景や地域創生の実体験を紹介しながら、生涯学習の学徒らしく大海に漕ぎ出してみよう。「忍と恕と程」を心がけながら。

（① '15・3）

原田愛子（姶良市）

☆本文中掲載の絵手紙は二見あて届いた
中から選ばせていただきました。
敬称略、（　）内は発信地です。

陸海空

里山を考えるためにどんな課題があるだろう。今、国政上で「地方創生」が叫ばれているが、地方という表現はよくないと思う。私は南アフリカに出張の折り「面から球へ」という言葉に気付いた。国の中では中央と地方が比較される。物事を平面で考えると中心と周辺、都会と田舎か。近現代の日本では東京が祖国の中央に君臨した感じ、私も東京時代を楽しんだので、中央から地方を眺める視点を育てられた。中華思想に毒されたようだ。

一度も九州を旅したことのない人から、或る時「沖縄では日本語をみんな話せるのですかネ」と問いかけられビックリした。その後、私はUターン後の鹿児島を拠点に西日本各地を学生募集で掛けまわるわけだが在京時に東京人から受けたその質問が永年忘れられなかった。

30代、ボンベイでの国際会議でインドの研究者から「日本の教育は何語でなさるのですか」と問われ、すかさず「私の国では保育園から大学まで全部日本語で教育できますヨ」と答えたら目を丸くした。

「面から球へ」の意味はグローバルに物事を考えようとする際の重要な視点になろう。「地球市民を目ざせ」と大学時代の恩師先輩たちは言われていた。文化に優劣はない。皆ちがって皆いいのだと。

戦後民主主義が進行し殆どの日本人が地球全体を視野に置いた人生設計を立てられるようになった。バイリンガルな家庭や職場も続々と登場している。

大隅国の一角に永年住みついていた先祖から生まれた私たちにとっては、地方より「地域」の方がはるかに現実的、里山は生育地の風景なのだ。なぜ中央政府では地方地方と仰言るのだろう。それにもまして知事さんはじめ役人さんたちは平気でこの言葉をいつまで使われるのだろうか。

里山の心を論ずるにあたり、総論部分で早くも持論を出しすぎたかも知れないが、もっともっと思索を重ねてみたい。

里山には大昔から相応の文化が伝承されている。近代学校制度は古き良き伝統をぶちこわしてきた。競争を重ねるだけでは幸福で平和な社会力文化力は健全に育ちにくいのではなかろうか。

先般NHKで「こころの時代」にベトナムの哲学者・テックナットハーン氏が登場、「自分が海、さあ息を吸ってもう一度」と説いておられた。里山とは大自然そのもの、まず故郷に愛を注ごう。

（③　'15・5）

中野アヤ子（鹿児島市）

少年期

私の住む溝辺の霧ヶ丘付近は人口微増地帯、一方父祖の地・竹山付近は超過疎だ。先日は竹山に野猿軍団が出現、大根や玉葱、椎茸まで根こそぎ荒らされた。先輩たちは果樹類も危ないヨと言う。

二年程前、持山の頂きにツリーハウスを設け山遊びの場にしたいという若者グループ「一の木会」の申し出を承け、約一町歩の土地を「しばらく」の条件で開放した。私自身も少年期の思い出を再現したかったからである。「源喜の森」と命名。

山城研究の第一人者・三木靖さん、同級生の歴史学者・梅木哲人さんらによれば、竹山付近は古代以来の典型的な山里だという。そういえば、屋敷ごとに石垣を積み、田畑や山林が連なった風景、きちんと保存したい里山である。

終戦当時、地縁血縁者が帰村、わが家も鹿児島市から竹山に戻り帰農した。

今NHKBSで毎朝「里山」を視聴しながら父祖の地の来し方行く末を案じている。日本中たいていの村がそうだろうが、農家は長男が跡を継ぎ次三男は都会に出るか養子縁組を勧められる。二見家の場合本家筋を堅守していた伯父が60代で他界したあと農地は売却、分家筋のわが家も父他界の昭和40年代以降米作りを中止、老母の小作料はもみ2俵となっていた。

戦後経済復興の中、農村では若者が一人減り二人減り、遂に小学生皆無の高齢者集落に急変、巡回バスも廃線となった。空港から蒲生〜伊集院へ続く県道40号沿線には県民の森や竹山ダムが見えかくれし、西郷軍が城山帰還の折り通った高松城跡には林道が走っている。残念ながら竹山の伝統行事は殆ど姿を消した。

思い出を辿れば、少年時代の竹山集落は賑やかで、春の花見「一心会」、七夕や十五夜、川久保《こっぽ》での水泳大会、子どもたちは鳥籠を編んでメジロとり、山太郎や鰻のつけばり、村人みんなで麦踏み、茶摘み、田植え、豆打ち、稲刈り、薪割り等々

大正七年夏季竹山敎育組合學

一、一同敬礼
二、唱歌君が代　全校合唱
三、勅語奉讀　二見先生
四、開會之辞　山崎虎熊
五、演技

1	二見東	読	養生
2	立田榮次	暗	[illegible]學校
3	二見三雄	読	坂上田村麿
4	二見キ子	唱	親の恩
5	立田レツ子	読	[illegible]
6	池田和夫	暗	少年鼓手
7	野元孝志	読	少年[illegible]
8	山崎虎熊	話	汽車の窓
7	恒吉イク	暗	草薙劔
10	坂元春加	読	車と舟
11	二見チヱ子	唱	小鳥[illegible]
21	二見フミ	唱	朝[illegible]
22	恒吉イク	読	[illegible]
23	大山榮	読	鏡
24	二見サチ	読	八百九頁
25	二見輝	暗	田植え
26	立田シゲ	読	こうま
27	池田純夫	唱	茶摘み
28	野元貞志	読	児島高徳
29	坂元春加	暗	アラビヤ馬
30	恒吉ミネ		
31	二見功	読	桃太郎
32	二見信	話	[illegible]
33	女子全部	唱	一谷の戦
34	野元孝志	暗	神武天皇
35	二見サチ	唱	日の丸の旗
36	山崎虎熊	読	[illegible]
46	二見フミ	暗	小袖曽我
47	二見フヂ子	読	少年鼓手
48	大山榮	暗	感情
49	池田和夫	読	瀑布
50	山崎ヤス子	唱	朝顔
51	池田純夫	読	奈良大佛
52	二見東	暗	利根川
53	二見輝	読	右と左
54	立田レツ子	暗	児島高徳
54	二見先生	唱	配所の月
56	二見三雄	暗	昔の旅
57	野元正紀	読	友達
58	二見キミ	読	草薙劔
59	池田道	暗	吉野山
60	立田ヒノ	読	[illegible]
61	野元貞志	話	熊王丸

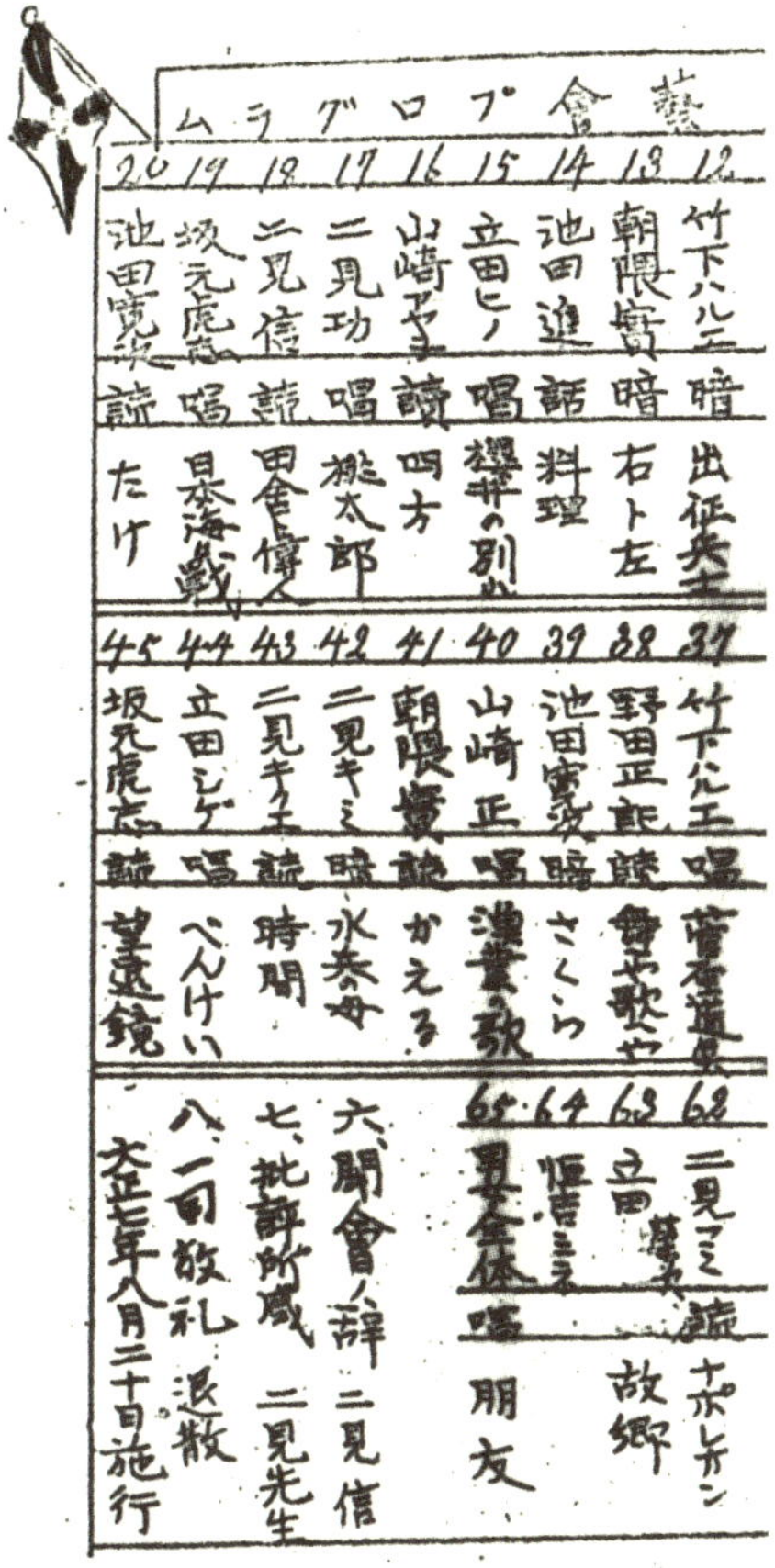
藝會プログラム

12 竹下ハル工 暗 出征兵士
13 朝隈賓 暗 右ト左
14 池田進 話 料理
15 立田ヒノ 唱 櫻井の別れ
16 山崎アヤ子 讀 四方
17 二見功 唱 桃太郎
18 二見信 讀 田舎ト偉人
19 坂元虎志 唱 日本海戦
20 池田寛 話 たけ
37 竹下ハル工 唱 菅原道真
38 野田正記 讀 舞や歌や
39 池田寛 暗 さくら
40 山崎正 唱 漁業の歌
41 朝隈賓 讀 かえる
42 二見キミ 暗 水夫の母
43 二見キク子 讀 時間
44 立田シゲ 唱 べんけい
45 坂元虎志 讀 望遠鏡
62 二見ツミ 讀 ナポレオン
63 立田 故郷
64 恒吉ミネ
65 男女全体 唱 朋友

六、閉會ノ辭 二見信
七、批評所感 二見先生
八、一同敬礼 退散
大正七年八月二十日施行

（解説）

父（二見源吾）は師範学校卒業後郷里の溝辺小学校で教鞭をとっています。このプログラムは生まれ故郷で近所の子どもたちを集め、里山の皆さんに「学芸会」を公開した時のもの、約百年前はこんな情景がくりひろげられていたらしい。当時の学習内容がわかる貴重な資料だろう。

「農業」の原体験を楽しんでいた。

日常生活面では郷中教育の余波というべきや、私たちは朝起きると水汲み、拭き掃除、木戸掃除、鶏や牛馬の世話が日課、片道一里半の山坂達者と元気だった。

Uターン後専念して得た新米を東京や福岡の姉たちにプレゼントすると「今年も新米教師だね」と喜んで下さる。みかんや柿も添える。一昨年は集落で「野草を食べる会」を企てた。

（② '15・4）

冨永眞由美（鹿児島市）

青年期

四季折々に花が咲くふるさと鹿児島に居を定めて30余年、わが人生から少年期の18年を加え他郷遊学25年を差引くと全体の三分の二は父祖の地で過ごしたことになる。「人生到る処青山あり」と励ましてくれた長兄が老いし母を残して天に召されたのは一九八五年、その後西日本に多い末子相続の波を受けて墓守りを指名され今や祖父母兄姉らの命日には読経を欠かさぬ生涯に変わってしまった。父逝きて半世紀になる。

私の青年期は殆どの時空を福岡や東京で過ごしたため、全国的視点で物を考える習性が培われた。相互敬愛しあう友人の半数は全国各地に散在している。帰郷に際し送別会を重ねた後勇躍ふるさとの地に舞い戻ったわけだが、この数年のうちにその時の先輩恩人も続々と他界され、一方、郷里では新しい友が年ごとに増えてきた。人生到る処にある「青山」は、私の場合結局鹿児島に集約されそうである。まさしく父祖の地に落着いた感じがする。

源喜の森と命名した持ち山の入り口に竹博士・濵田甫先生や「県民の森」在職・森田茂さんらのお力を借りて最近「竹山園」を造成中、その周りの広葉樹林にも名札を取付け小さな植物園とし孫たちの世代にプレゼントしたい。ツリーハウスから桜島が望める中世山城跡を辿り裏山を下ると小川の源流も見える。大自然とまではゆかなくとも古民家などを補修しながら過疎地の活性化を図る予定を立てた。毎年、七夕灯籠祭りや野草を食べる会なども隣人と続けられたらいいけどナァーと思っている。

年金生活に入ったこの10年間は色々な試みを重ねながら将来に光を求め歩いた歳月であった。失敗も再三あったが、青少年期に体得した「七転八起」の精神で乗りこえてきた。「天地有情」みなぎるわが里山にも光あれと心底祈っている。

里山の心は大自然と接する生活の中で育ってゆくのだと思う。祖父母の世代から築かれてきた里山文化を何とか守りぬいて農村後継者としてのわれわれが歴史的責任を果たせられたら本望である。

二〇一五年五月九日朝七時、霧島市薩摩義士顕彰会で国分広瀬の松並木一帯の草刈り共同作業をした。労働のあとの何と快適な達成感よ。―それこそ故郷の農民魂かと自覚した。私たちの少年期は全人口の七割が農民、鎮守の森で日本再建の哲学を学び合いたいと秘かに思う。

（④　'15・6）

東　和子（霧島市）

壮年期

学び・研修の段階から発信・実践へ歩み始める年代が壮年期、社会人として各分野で自信を持ち新生面を求め動き出す。壮という文字からは強健・盛大・立派などを連想させるが、壮志(後漢書)、壮美(詩経)、壮遊(杜甫)の世界も見逃せない。里山はいのち響き合う所だ。

我々も遠大な旅をしたい齢に達した。二〇一五年五月末は富山での全国絵手紙大会(2泊3日)、六月初旬には世界新教育学会(3泊4日)で壮志を磨いてきた。後者の全体テーマは「新教育の歴史と現在」、WEF(The World Education Fellowship Japan Section)の創立八十五周年記念大会だけに、外国人も若干加わり、シンポジウムでは英米独の発表が眩しかった。登壇者の一人・小原一仁さんは小原國芳先生の曾孫、数年前、黎明館で今吉弘館長にお引合わせをした日が懐かしい。玉川学園の教育博物館では先生の御令嬢・藤井百合さんと再会、若き日インド、オーストラリア、オランダ等でご一緒した日々を語りあった。早や卒寿である。実はこの学会、志學館大学でも二〇〇三年開催、実行委員長を私が拝命していた。今、鹿児島県の教育行政方針は全人教育と生涯学習だが、世界各地の学校で全人教育を一斉に唱えている。

富山では九十六歳の親戚宅までタクシーを走らせたが、涙を流され再会を喜んでくださった。先祖たちも天から地からこの光景を見詰めておられたことだろう。全国交流では世代や国境を越えて語りあえる場面を随処につくりたいものだ。長寿者表敬訪問はふるさと再建の一齣である。

競争を意識しがちな青少年期に比べて壮年に求められる徳目は感謝や道義だ。それも心の底から湧いてくる真実の愛で励まし合いたいものである。昭和五十年代Uターンしたての頃、溝辺町青年祭のスローガンに「笑顔があれば(何でもやれる）」とあったことを忘れない。里山の心は、大自然のもと世代間交流の中で磨かれていくものではないだろうか。

父は友達を大事にしていた。晩年姶良伊佐地区老人クラブ連合会会長を引受けていた頃、側近（行政）の方・佐々木義寛さんに「会の名称を老壮クラブに変更したいね」と語ったらしい。少子高齢化・過疎化が地方創生で解決を迫ってきたようだが、壮年の出番を皆で創りたい。霧島市でも有識者会議が発足したが、田園都市構想を目ざしているのだろうか。少し気になる。

（⑤ '15・7）

稲元昭子（姶良市）

運鈍根

私たちの里山は母校かも知れぬ。南の「ひろば」で溝辺中が学校賞だというので倉園裕豊校長先生にＦＡＸ、すぐ電話があり喜び合った。評価の遠因は国語教育の成果だそうだ。若き日、私たちも恩師の田尻実徳先生や岩下豊先生らに励まされ国語大好きの人生に導かれた母校、中高以来の親友住吉貢君は「人生には運鈍根の３字が大事だと言いながら読書好きになっていった。

運とは人為を超越した巡り合わせを指し、鈍とはまがぬけていること、さらに感覚を越えさせる根とは精力や忍耐力や根気を言うらしい。住吉君は東都で出世したが、四十代で逝去、命日の七月二十日前後に私たちは時折り彼の実家へ読経に伺う。里山に生きた仲間たち、良き先達に導かれ、そこで培われた郷土愛を後輩たちにも少しずつ伝えられたら本望だ。

郷土愛をグローバルな視座で眺めていると、飛び込んでみたくなるイベントが出てくる。去る二〇一五年七月八日、霧島市文化協会から誘われ、国際ホテル高千穂の間に永山作二会長らと参上、中国青島市書道家の皆さんと交流した。両国の代表挨拶を拝聴していると日中交流は今平和裡に進行中で安堵した。隣国の若い世代の男女約20名、積極的に握手を求められた。顔はそっくりだが言葉はあまり通じない。日本語を学習している人でも英語はあまり話せない。そんな時、私たちがよくやるのは音楽的雰囲気だ。余興で「北国の春」を両国語で唄う、私もつられて詩吟朗詠を申入れた。日中書家同志のおつきあいなら漢詩に限ると決め朱熹の「偶成」、書は四半世紀前、有馬四郎溝辺町長の北京土産が役立った。私はまるでスター並のフラッシュを浴びた。隣にいた隼人町の坂口初代女史の通訳に感謝する。

最勝寺良寛先輩は溝辺町文化協会の初代会長、一九三〇年代足かけ5年間天津に居られた由、ご挨拶に感動の拍手がわく。翌日は西郷公園で揮毫の指南役を果たされた。

鹿児島空港前の西郷さんは和服正装姿で腕組みをし現代を見詰めておられるわけだが、青年時代、農民救済を島津斉彬公に訴え江戸修行で急成長された人、島流しを受けた奄美では「沈思黙考」、大久保利通との「水も洩らさぬ友情」(海音寺潮五郎説)が維新大業の原動力と言われる。天を敬い人を愛する哲学者だ。

日中文化交流史をライフワークにしていると、西郷さんの太っ腹に肖《あやか》りたくなる。先日は東京学芸大学の元学長鷲山恭平さんが来鹿され隼人の京セラホテルで数時間「日中友好」について懇談した。氏は静岡県掛川市で松本亀次郎顕彰会を主催しておられる。溝辺の西郷公園もしっかり案内した。

(⑥ '15・8)

長野昌代（鹿児島市）

自然体

暑中見舞の行き交う夏、二〇一五年は思わぬ所から御中元が届けられ他郷の方とも心を通わす喜びを味わった。

先年「軍艦島」で日本一のガイド杉本博司さんに巡り合い、その後、年賀状等もやりとりしていたが、所感を私のエッセー集に収めたので一冊贈呈したら、今夏は何と御中元に島原ソーメン一箱、その美味は天下一品だった。この頃、お返事には、国分海浜での凧揚げ風景を拙い絵手紙にしたため、第30回かごしま国民文化祭の情報等も添えて御礼状にしている。

どの府県でも「おもてなし日本一」を目指し努力している日本、こゝ数年、私は国民文化祭誘致のかかわりで、関東や関西のほか北海道・秋田・山梨・静岡・富山・石川・徳島・愛媛そして九州各県の有志を尋ねあい文通を重ねるうちに、日本全体が視野に入る生活となってきた。時折り他県の知事さんや議員さん、文化人仲間たちからも励ましをもらう。中には拙著への感想をしっかり書き出して下さる読書家も出てきた。鹿児島県日中友好協会の海江田順三郎会長さんや徳島県絵手紙協会の上野隆会長さん、南さつま市の谷口先雄さんらからも励ましの言葉が届いた。

自然体で生きたい、長生きするぞ、というのが私たちの信条だ。毎朝テレビの「新日本風土記」などで里山風景を眺めていると、世界中が集落ごとに喜び合う社会になれたらどんなに良いだろうと心が弾む。平和の砦は人々がそれぞれの心に描き築かねば実現しない、と教えられて久しい。里山の心を伝えあう喜びは「これこそが文化活動の結晶だ」と気付かせていただく。全国交流は世界平和推進に通じる最良の生き方だと思えてならない。

初対面・出会いに続いて「再会」のチャンスは随処に出来る。祝い事や法事等の中でも創れるようだ。その実体験が去る7月29日、福岡市天神に大学時代の同期生が集まった。中には50年ぶりの再会、就職先の仕事で外国めぐりを重ねた友もいて、英独仏3ヶ国語が一応は話せるようになったらしい。「連絡しあっていたら海外旅行で会えたかも知れないのにね」と残念がる。皆、孫の成長が楽しみという。まあ、しかし、お互い元気であれば、これからも再会は重ねられるわけだ。若き日の思い出をタテ糸に、本物の友愛の輪をヨコにつむぎながら、新しい時代を築いてゆきたいものである。わが家の玄関先には恩師法元先生揮毫による、

逢えば皆もの言うくれる嬉しさよ
心やさしき村の人びと　　　サト

母の詠歌を色紙にして静かに眺めている。（巻頭2ページを参照）　（⑦　'15・9）

田村君江（北海道・標津町）

文化力

静岡県知事川勝平太さんの『文化力―日本の底力』は２００６年の出版、一昔前黎明館等で日高旺・田村省三さんらが歓迎宴を開かれ時々私達も参加していた。その後、国民文化祭誘致運動を機に読み耽っている。

私の場合、本格的な文化活動に入った動機は第10回全日本文化集会鹿児島大会、30年前である。今、かごしま国文祭は集会場・街頭・レストランの中にまで幟がはためいており、全国の方々をもてなす準備も着々と進行中、平成27年の葉月長月はプレ国民文化祭のオンパレードだった。

霧島市で9月5日隼人浜下りのルーツを探る催しがあった。津之地良先輩が実行委員長、かねて敬愛している中村明蔵さんが導入と結論をまとめてくださった。田辺鶴瑛・銀治親子初の共演で盛上る。

数日前、わらび座の山川龍巳社長から嬉しい便りが届く「秋田市の大久保和記子さんから『天地有情』を届けていただきましたが、序文を書かれた愛媛県の佐藤陽三先生は大変お世話になった方なのでビックリ・・・・」と。すでに地域劇場が全国をつないでいたようで嬉しかった。

時折、親しい方々から「どうして県の会長職を早々と譲られたのですか」と質問される。表面上の理由は聴力不足だが、人間潔く譲る美徳を目指す秋《とき》だと自らに言い聞かせている。目下名誉会長として全国そして地域の隅々までを視野に入れつゝ「鹿児島へどうぞ」と協力を呼びかけていく。エッセー風の提言集も8冊目を出版した。

最近、地方創生が叫ばれているが、行政当局の本音は何だか経済力復興中心のように思われてならない。21世紀の地球市民が身に付けたい文化力の内実は一体何だろうナァー。霧島アートの森に勤務の宮薗広幸さんの主張を読むと、芸術のオリンピックでは社会問題を正面から表現しているという。私は、かつてオランダのユトレヒトで「ヒロシマ」と題するパントマイムに感動したことがある。ふと、世界が求めている文化のサインコサインとは何だろうと考え込んでしまう。

永年教育界にいたせいか、孫の運動会にも逞ましい文化力を感じる。「共に織りなす五色の光、進め希望の大空へ」F中で若い力を眺めていると、伝統と革新が織りなす21世紀を考えたくなった。光はどの方角からふるさとに射込んでくるのだろうか。

（⑧ '15・10）

川村智子(霧島市)

庶民性

　親友とくに真友の仲間づくりを人生の目標としたいものだ。私にとって最愛の友は妻、絵手紙講師である。二〇一六年の全国交流in鹿児島では実行委員長を拝命、今約百名のお弟子さんが出入りしているわが家、夫として雰囲気に心を配る毎日。父母は去り、私のきょうだいは姉と弟、父祖のＤＮＡを共有する親族たちは全国に四散してしまった。しかし、われわれを支えて下さる全国の友たちと語らっていると心は安定し生活にも張りが出てくる。

　生涯学習の成果は良き友を持つことだと心から思う。真友の一人・中村文夫先生が教育哲学的エキスを連ねたエッセー集を南日本新聞開発センターから出版された。後継者たちに伝えたいことを一杯書き残したいというわけで、私もしばし名著『青桐通信』に見入ってしまった。

絵手紙があるさ

1　朱実先生　ありがとう
絵手紙の楽しさ知りました
みんなぁのアイドル
あこがれの人
いつでも旬な人

2　剛史先生　ありがとう
季節のお花はうれしいわ
ダジャレがいい
頼りになる
これからもよろしくね

3　ヘタでもいいさ　絵手紙は
かけばかくほど　元気でる
あなたに届く　心に届く
100年先も

絵手紙がある
絵手紙が好き
絵手紙　バンザイ

☆明日があるさ　アレンジバージョン☆

2014.5.28　風

鹿児島市の絵手紙グループ「風」の皆さんから贈られた詩です。

霧島市で西郷公園の活性化や薩摩義士の顕彰活動に従事している秋、二十一世紀で最も心にかけたい目標は「庶民性」ではないかと気付いた。退職後早や十年、人生リセットの旅をしていると、政治・経済・文化・・・と続く社会現象を自然や人間の角度から眺め直し、さまざまな香りを味わってきた。判断の根拠は庶民性、世界中の文化を繋ぐのは地球市民の心だと思う。

今、若い世代を相手に週1回の講義、時折り、山脈や海溝まで描かれている本格的な地球儀を持参して教壇に立つ。昔親子でオセロ遊びをした頃、ごほうびに地球儀をプレゼントし、今は応接間に飾っている。何万年何億年の昔から輝いていた太陽、月や星、二十一世紀は宇宙なのだ。

人間も自然の中の一つなのに、人類皆平等の思想はなぜか一向に深まらない。ランキングやコンテストを好みがちな人類社会、弱肉強食時代はもうとっくに通過してもいい筈なのに、戦争はなぜ終わらないのだろう。文化に国境はない、優劣もない、皆ちがって皆いいのだ。庶民感覚をどれだけ身につけたかが学問そして文化の成果なのではないだろうか。

里山の秋には今、黄金の波が打ちよせている。溝辺の西郷銅像を眺めながら、西郷さぁの人生目標は何だったろうと思う。出世の糸口が農民庶民の救済提言を殿様に認められたことだとするならば、「庶民性」こそ本領だったと確信する。多くの殉死者を出した西南之役だが、今なお慕われる原因はこの庶民性なのだと思う。国文祭には全国の友が鹿児島に見えた。

（⑨ '14・11）

国文祭

戦後70年の節目に第30回国民文化祭を故郷かごしまで開催できたことは最高の思い出となろう。関係者各位に心からの御礼を申し上げたい。

池田学園の支援を受け『みんなみの光と風』なるエッセー集を鶴丸印刷から出版したのは２０１２年秋だった。「あとがき」には「学問や文化は難しい話でも分かりやすく表現する工夫努力の中で育つと思う」と述べている。この十年、「学びは喜び」を目標に、社会的立場や身辺状況をリセットしながら、文化人生の仕上げをしたいと新たな志を立て必死に生き抜いてきた。理想を現実のものにするためには苦心を要する。シニア時代の第一弾が国文祭に協力する仕事だったことをまず心から感謝したい。

２０１５年10月31日、鹿児島アリーナで開会式、種子島と奄美大島にサテライト会場を設けての壮大なる雰囲気、黒潮文化の源流を求め、南北六百粁の里山文化を紡ぎながら、21世紀の「文化維新」を呼び掛ける南九州の意気込みを伝えられた全国交流大会の幕開きであった。

県本部から開閉両式典やシンポジウム全5回の特別招待状が届いたので、高価な補聴器も揃え喜び勇んで出席した。名瀬の山田薫先生宅では「雨洗風磨」の墨書に見入る。約四粁の新トンネルをくぐって訪問した古仁屋では「仮面の世界」の風景を見たが、秋田や島根の出番も用意されており、流石は全国大会だと声援する。大会の指南役は加治木史談会の出村卓三さんだという。

シンポジウムのテーマと会場を列記してみると、

①黒潮文化(志布志市)

②国際音楽祭と現代アート(霧島市)

③温泉文化と食文化(指宿市)

④明治維新と近代化遺産(鹿児島市)
⑤自然遺産と「しま」の生活文化(奄美市)

となる。11月7日は霧島市制十周年記念式典出席後県民交流センターへ一走り、日中韓やシンガポールによる国際交流フェスティバルの妙技に感動する。

霧島地域ではミュージカルを家族も一緒に楽しんだ。プロ顔負けの演出、食の祭典も同時開催、各地でのフェスタにもいくつか参加でき、皆で喜び合う。展示体験や美味かもん、キッズコーナー大賑わい。惜しむらくは書や絵の全国版が少なく画竜点睛を欠く思い。全体ではしかし完璧に近い国文祭が実現と評価したい。

天地有情の哲学に照合すれば、鹿児島国文祭「ひっとべ!」の掛け声に乗って天空に羽搏く音が聞こえてくるようだった。

(⑩　'15・12)

松元ゆき子（鹿児島市）

始発駅

平成丙申の春、新年号での話題は何?・さあ、みんなで築いてきた文化日本だ。その現況を総括しつゝ希望あふれる季節を迎え、みんなで里山の心を育てたい。かごしま国文祭は県民人口に匹敵する一六三万人の参加を得て盛会裡に終了した。終了後も私たちの身辺には各分野のイベントや交流の場が続き、昨年の霜月師走も生涯学習の忙しい毎日だった。私個人の主な足跡を辿ってみるとしよう。

11月21日薩摩義士山元八兵衛の慰霊祭。22日佳例川新米ウォーク。27日知覧特攻記念館やミュジアム～枕崎～坊津。28日霧島アカデミーと鹿児島作曲協会の発表会。29日アートの森「超藝術學校」とかごしま文化サロン。12月2日縄文の森「絵手紙トーク」。5日西郷公園での南洲翁誕生祭。6日霧島市薩摩義士顕彰会の研修。13日集落草刈作業、20日加音ホール「第九」等々。2015年の歳末はまことに多忙であった。

かつて喜望峰を旅した折り、大西洋と印度洋の分岐波を眺めて感動したことがある。佐多岬では太平洋の広がりに圧倒された。JR枕崎には「本土最南端の始発・終着駅」と刻み込まれていた。丸く広い地球よ!!

先般上梓の『青桐通信』は中村文夫先生の自伝的文化論である。氏は昭和八年生まれ、私とは県教育委員会文化課御在職の頃出会いがあり、故郷の文化振興について語り励ましあい、示唆を賜わった。国民文化祭誘致の始発駅長的役割を果されたお一人かも知れない。同書229頁には「バランスのとれた人間」像が図示されている。健やかな心を培うために「身・体・健」をめざす人間観と「心・知・真」に代表される文化論が「意・義・情・美」を追求する中で「徳」に通じる全人教育となる哲学理論を提案されている。

今、本県の教育行政指針は「全人教育と生涯学習」、県土の隅々まで文化の光が行き亘るようにという配慮らしい。

２０１５年は戦後70年、平和への声が全世代から発せられた。国連のリオ会議で「発展は人類の幸福のためにある」というホセ・ムヒカ大統領のスピーチを再度かみしめたいものである。ささやかな私の体験にはインドや南アフリカでの国際会議における女性たちの堂々たる発言の姿がある。パキスタンのマララさんやミャンマーのスーチーさんのような方が日本からも誕生する日が早くきてほしい。

「愛は原爆より深し」
「わが子への愛を世界のどの子にも」。

（⑪　'16・1）

小原敦子（鹿児島市）

年賀状

年頭の挨拶をどう表現するか、成人式の頃は50通にも満たなかった賀状だが、年々増え今何百枚もの宛名書きに一苦労。「手書きにすると真心が伝わるョ」と勝手に決め込んで暮には文房具店で筆を選ぶ。シニア時代は一人一人ていねいに声を掛けたくなった。

霜月師走に届いた喪中葉書は40枚、その他告別式等に参列した故人からの分を別分けしながら、話しかけたい方には添え書きをする。曾て、小原國芳先生から届く賀状には文字がびっしり詰まっており、添え書きをいただいた。師の活躍ぶりに感動を覚えるものだった。この十年は絵手紙仲間からユニークな賀状、今年は約80枚に増えた。

里山の心にこと寄せて年賀状文化の意味を考察する時、人間関係学の実習単位のようにも思える。「お芽出度う」の芽を賀状や語らいのなかに探し求める瞬間ほど楽しいものはない。絵や写真や文字を介して友愛の心を感じる。正月の朝はなかなかコタツからぬけ出せなかった。

カレンダーや暦の中に今年から登場したのが週暦、正月第一週は「幸先《さいさき》」、第二週が「誼《よしみ》を結ぶ」、美しい大和言葉が続く。ちなみに誼とは「親しくすること」たとえば目上の人との交流について、「おかげさまで誼を結ばせていたゞきます」と言えば敬意のこもった上品な発言になるらしい。

今、世の中で忘れかけているのは敬愛の念だと思う。私は西郷さんの敬天愛人にヒントを得てmutual respectを強調することにしている。若き日、印度研修旅行で同行された徳島県出身の山口敬正《よしまさ》先生が『児童相互力学』と銘打つ著書を出版される折りに若干お手伝いしたことがある。現場の実践記を卒論と照合させながら力説された内容、私の教え子たちにも教材として紹介し学び合った。

お互いに認め合い励まし合ってゆける「真友」を増やすことほど有難いものはない。先日、鹿児島県の元教育長・伊牟田茂夫先生とドライブしながら語り合った中に「生涯学習とは結局自己教育である」「研究実践の意欲を生涯持ち続けられるかどうかが教育の成果、学びの極意である」という点で意見が一致した。

この頃、NHKBSで「里山」を毎朝楽しみにしているが、家族・親族・村人とかわす言葉には「真実味」を感じる。永遠の人間愛を育てることに努力したいものだ。

（⑫ '16・2）

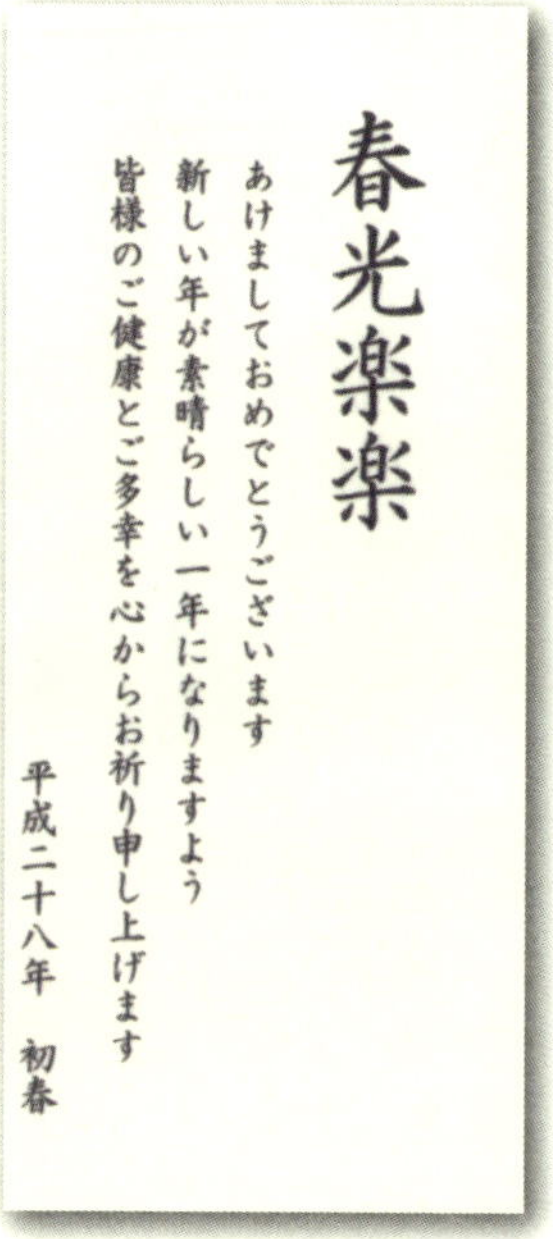
春光楽楽

あけましておめでとうございます
新しい年が素晴らしい一年になりますよう
皆様のご健康とご多幸を心からお祈り申し上げます

平成二十八年　初春

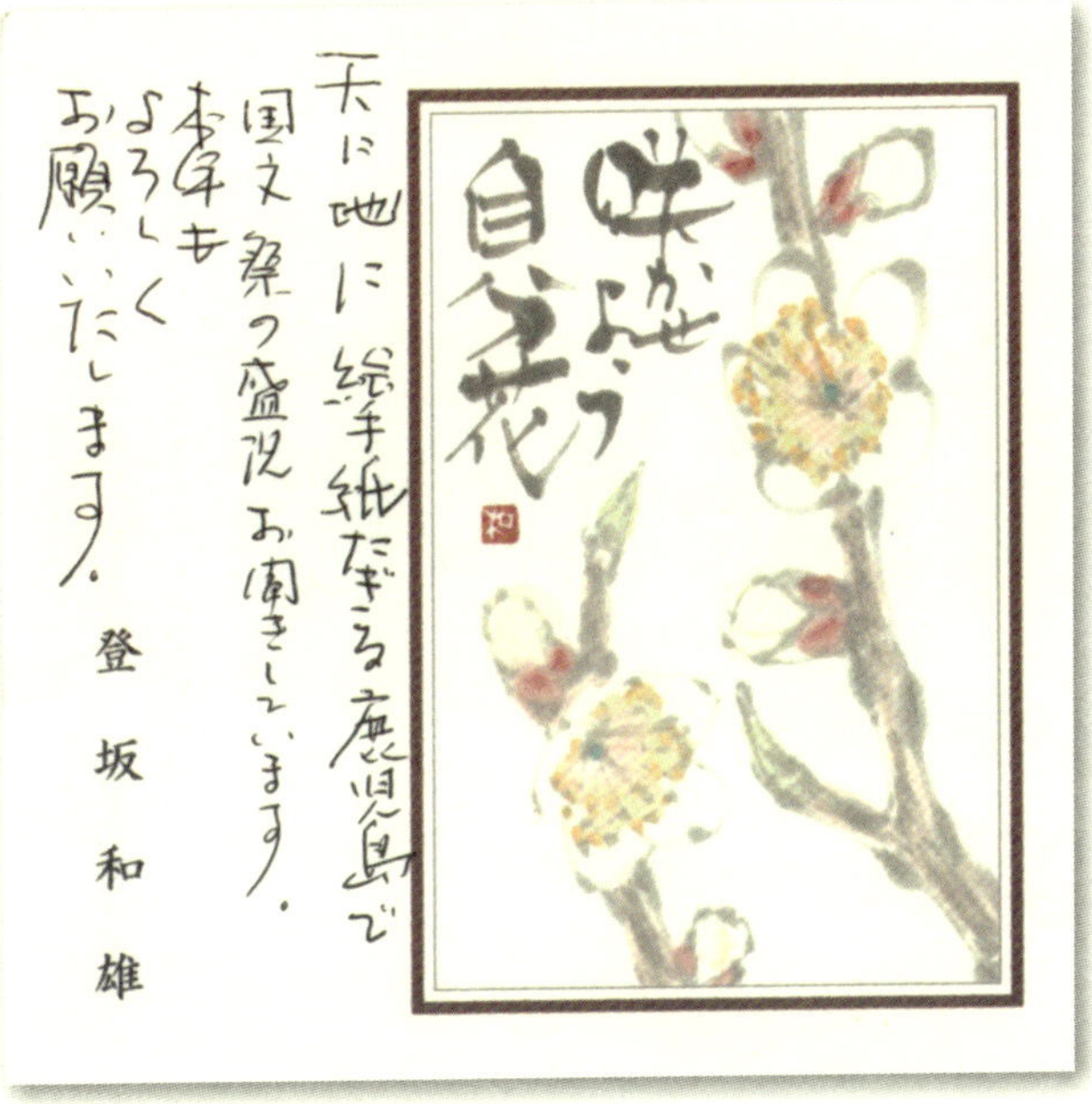

絵手紙友の会の会長さん（東京都墨田区）からもいただきました。

郷土愛

早くも弥生、春の雨には温もりを感じる。最近生活のリズムをつくりたくて、平日は6時55分起床、NHKBSで7時から「里山」、続いてドラマ2本、時々木戸掃除や集落散歩を楽しんでいる。

私の予感では、全地域全世界に自然と人間の調和した里山文化を再生創生の時代が来そうである。ふるさとの文化を次世代に伝えるためには、三つ以上の拠点が大事だと思い始めた。まず、家族にとって父方と母方では出自の違いが避けられない。さらに現在地は転々と変化する。「故郷」を想う際、どこに重点を置くべきか。曾てチンメルマンは「地球はわれらの故郷だ」と言ったらしいが、地球市民の生き方と里山の在り方とはどんな関係になるのかナァー。

郷土愛は自己体験から生まれるという。無着成恭さんの「山びこ学校」は戦後教育を変えた一例だ。残念ながら今、山元村は過疎になったが、無着理論は永遠に不滅であろう。悉有仏性を見出し人を育てた先生の実践を確かめながら、わが故郷のこし方ゆく末を考えはじめる。

一九八〇年頃、梅棹忠夫議長のもとで発足した「田園都市構想研究グループ」の国家構想によれば、……都市のもつ高い生産性・高次の情報と田園のもつ豊かな自然、潤いのある人間関係を高次に結合させ、健康でゆとりのある、個性的な地域社会を形成し、その有機的統合のもとに重厚で落ち着きのある国家社会を建設しよう……と呼びかけている。この文言に感動した若き日が懐かしい。

あれから三十余年、若き日に学んだ環境問題や平和教育、生涯学習社会の実現を目標に、みんな手をとりあって敬愛の心が通い合うふるさとづくりに精出してきたわけだが、その成果は世界各地で芽生えつゝある。

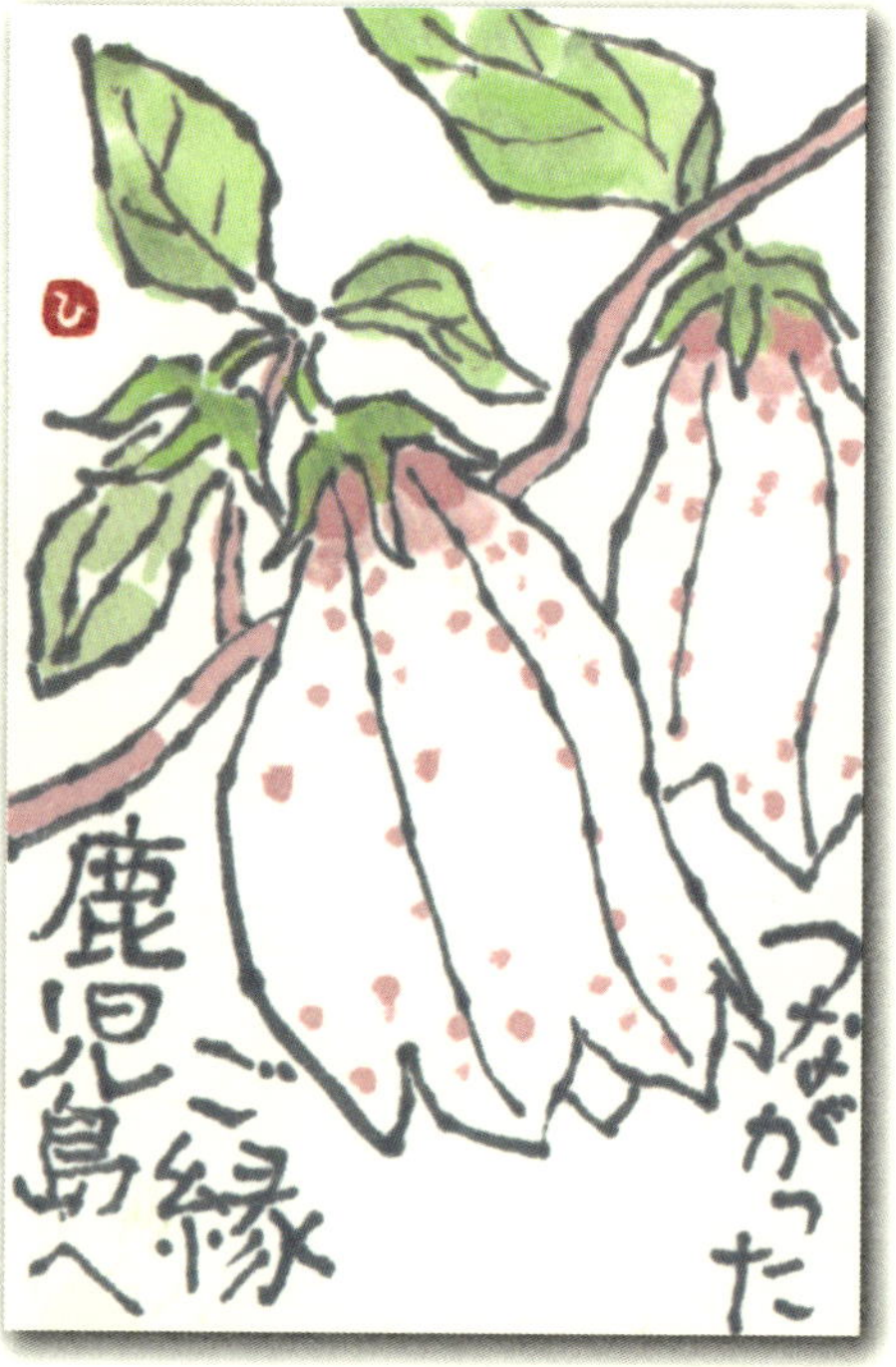

光藤寿子(岡山市)

平成28年2月10日、かごしま熱闘会議初代会長・大坪徹君が急逝した。地域おこしの草創期から草の根の活動を続けた功労に対し、菱刈の元町長久保敬さんは「流転・変化の世直しに、君の活躍望みしに・・・・」といった詩を寄せている。霧島市長の前田終止さんは弔辞の中で空港前の西郷銅像建立の経緯にも触れておられた。「隣人」として家族ぐるみの交流をしてきた私たち、グローカルな里山の心を自覚させてくれた徹君に合掌したい。春の風は静かに崇高に吹きはじめた。大坪君の葬儀には韓国からも10名ほど弔問に来られていた。今北海道から沖縄まで全国各地でストリートピアノから大震災の復興をよびかけるメロディーが流れていることだろう。

（⑬　'16・3）

無尽蔵

春の日本は卒業や入学の時、梅から桜へ花の移ろいを感じる。私は喜寿に近い今でも複数の学校で教育学を講じているが、若き世代と新しい世界を語り合う程うれしい時空はない。みんなの可能性は無尽蔵だと思う。

最近うれしい実りが一つ。「世界にはすごい人も」と題して陵南中三年生・有村玲旺君が『若い目』に登壇していた。実は二月中葉に全校生徒向け講話「地域の先輩に学ぶ」を引受けた折りのリスポンス。受験期にいると何のために勉強するのか迷うものだが、「幸せな世の中を創っていくための人間となるための貴重なプロセスが受験だと聞いて目標が定まった」らしい。将来の目標の一つは「世界のさまざまな文化を学ぶこと」とあった。頼もしい限りである。

孫たちの成長だよりが届くたびに、自分の少年期を思い起こす。農家だったので、友だちのように農業方面に進学すべきだったろうが、親爺自身が小学生時代師範学校受験を許してもらいたくて馬小屋で断食をしたと自慢していた。十人きょうだいの末っ子に生まれた自分も、戦後の「自給自足農業」の姿を見て育つ。一方で他郷修行の意義を感じていたので受験勉強にも精進、大学での卒業論文では「わが国における近代的大学の成立過程」と取り組み、幕末維新期の大学づくりを学び、大学の先輩権藤与志夫さんの案内でビルの夜警もしながら大学院に進んだ。ふるさとの父母からは毎月白米が届いた。貧しいながらも充実した学生時代だった。

就職後は全国の仲間と語り、遊び、見聞をひろめた。先輩たちによる「学問のスメ」は「みんなの幸せを考え、良い事を実践できる人間」「地球市民を育てる使命」を目標に謙虚な教育者になることだった。そのためのノウハウは社会からも学ぶ、みんなで力を合わせる努力、その根本にある哲学探究は、例えば霧島市民憲章の一つ「道義高揚」もそうだ。佐藤初女さんの「おむすび祈り」からも学ぶ。

世の中にはすばらしい人が多い。

先日は孫たちが希望校に合格した報告に大宰府天満宮へ、梅の香ただよう里山で敬虔且つ豊かな心を育ててもらった。

郷里では鹿児島マラソン、桜島が見守る錦江湾を舞台に一万人を超える参加者、ちなみに、上位百名をみると男女共約半数は他県在住者だった。これぞ、国民的、地球市民的文化祭だナァーと、うれしい気持に満たされた。この五月には全国各地から絵手紙ファンが大挙して鹿児島にやってくる。

（⑭　'16・4）

田原美代子（南さつま市）

絵手紙

平日早朝、NHKBSで全国の里山風景を視ながら「もういちど、日本」へのヒントを探す。先日は三重県の「嘉例川」、霧島市版「かれいがわ」の歌曲を伝えるため姉妹関係を結んではどうだろう。

概して里山は「生き物が住める農業」をめざす。出水《いずみ》郡長島町の自給率は青森県以南で日本一、県土では北端のムラだが生活水準は高い。五百年七百年代の古墳群を囲んでじゃが芋畑が並ぶ。山崎友喜さんのガイドぶりも光っていた。

関東の大都会で子育ての頃、九州の父母へハガキ定期便を送ったのがきっかけで、妻はいつしか絵手紙作家に推されてしまった。来る5月26日は全国大会 in 鹿児島が宝山ホールと城山観光ホテルの両会場に約千名を迎えて開催される。目下、国民文化祭番外編らしく忙しい準備の日々である。

絵手紙には添える言葉が大事、大阪の福井まゆみさんは節分の鬼に「笑顔いっぱいの幸せを」託し、「日々をキラキラ綴る」とは上脇陽子さん、「大宰府の梅、かごしまの地でも元気」と南洲顕彰館の情景を伝えて下さった人は鵜木京子さん、随時キリッとした文化論を届けてくださる久保徹雄さん・・・・。交流の中でほめあい励ましあう美しい心を学び合う。

尤も、絵手紙文化の背景は楽しいことばかりではない。悲しくつらい人生を支えあえる友の力がすごいのだ。「どんな不幸を吸っても吐く息は感謝でありますように」とはノートルダム清心学園理事長・渡辺和子さんからのお言葉だが、世界平和、地球市民を目ざすならば、誰しも利他の心を育てることが必須、「わが子への愛を世界のどの子にも」注げる人になれるものだろうか。挑戦してみようかナア。百歳までは四半世紀もあるのだから。

3月28日、天降川上流に位置する須川さぁこと前玉《さきたま》神社に妻と出かけた。地元の長老たちが見守る中、有川の向江義広さん達(三味線)、玉利の山下初男さん達(棒踊)、嘉例川の山木由美子さん達(おはら節)・・・・全体としてミニ初午祭の雰囲気だった。姶良市長の笹山義弘さんや近隣の議員諸氏も背広姿で見えていた。

田起こしが始まった水田にはつくしんぼう、れんげや菜の花も咲いている。奥天降の農村風景に見とれた。市民の一人として祭り会場の草刈りを少し手伝ってあげれば良かったナァーと反省しきり。

大自然への感謝は日常の生活文化の中で花咲かせたいものだ。里山には郷土愛が満ち満ちているョ。

(⑮ '16・5)

福井まゆみ（大阪府堺市）

自然園

家族の幸せを願い、集落の全世代が励まし合い喜び合い、さらに国境を越えて人類が心を通わせ、大自然の恵みに感謝していく社会の建設、それこそが新世紀の目標。地方創生の極意でもある。

新年を迎えて早や五ヶ月、子ども達もリフレッシュして新学期に入った。卒業で感謝し入学で誓願、親も子もそれぞれの立場で春をおさらいし夏に入る。農村では田起こしから種蒔きがすみ、まもなく田植えだ。生きとし生ける者の生命がよみがえる季節。さあ、ことしはどんな実りを結ぶのか。天よ地よ、愚かな人間たちにもどうか恵みを与え給へ。

この数ヶ月、進級や巣立ちを祝福する片方でさびしい別離に合掌する日も並ぶ。百寿・天寿を全うされた大先輩に平行して自分より年齢が若い方とのお別れもあった。悲喜交々の世で清新の心を磨く。生死を越えて前進したい、その心意気を表現する徳目を、古人は感謝・誠実さと唱えてきたのだろうか。

先日、松下美術館で鹿児島墨龍会主催の水墨画三人展を見学した。林川遊美女史の「喜寿の松」が目に止まる。国民文化祭かごしまで登壇の作品とも再会、シニアの健筆活動に心打たれる午后だった。地の利の関係で観覧者数こそ少なかったが、芸術の重み深さに触れる喜びは格別。錦江湾に花吹雪が舞う風景。

40年程前、東京の大学生・阿部洋先輩の御子息を案内してオレンジ学園を見学させてもらった。今、仁心看護専門学校で非常勤の末席を汚している関係で、敷根福山の海岸線に連なる里山風景には懐かしさを覚える。霧島市に立地する教育機関や福祉施設を共に育ててゆけたらと思う市民は私一人ではなさそうだ。

過疎地は全国に点在している。溝辺町有川のわが父祖の地・竹山集落もその一

本　京子(鹿児島市)

つ。竹馬の友約50人で片道一里半の山坂を集団登下校していた少年時代がいつも心に浮ぶ。同級生の池田憲昭君は北海道、二見一男君は大阪に住んでいるがみんなどんなしてるかナァー。平成と共に、竹山ダムの水が十三塚の高原を潤し、空港を介在しながら豊かな農村風景がひろがる一方で、超過疎化に悩む水源地帯をどう守るか。末孫のわれらが思いついたのは集落全体を生涯学習の森にリフォームし里山文化を再現する努力だと思いついた。

この夏は竹山七夕灯篭祭りを企画し、里山の心を自然園で再度味わってみたい!!

⑯　'16・6)

『学び』

史と景の国

私たちの故郷かごしまのキャッチフレーズに「史と景の国」がある。鹿児島市に観光課が設置された頃、勝目清市長のもとで働いておられた大久保国男先生のネーミングだと御本人から承った。私たちに話をされた場所は加治木高校、社会科の授業で先生の郷土愛をしっかり拝聴した思い出がよぎる。

国立公園第1号の霧島を有し、屋久島に続いて錦江湾も指定され、今、奄美群島や甑島も脚光を浴びている。南北600㎞の県域には随処に観光スポットがある。桜島の号砲は大自然の熱気を空高く轟かせる信号だ。

私たちが尊敬する内村鑑三は、明治10年、札幌農学校2期生として北海道に渡った。同志は4人、新渡戸稲造、宮部金吾、岩崎行親と内村だった。彼は曰う。「石狩平野の処女林、其の樹木に巣くう鳥類、其の樹陰に咲く雑草、石狩、千歳、豊平の諸流に群がる魚類、是等が最良の教師でありました」と。

大正期に田中省三によって設立された旧制福山中学校の『七十年のあゆみ』に収録された岩崎行親君と私」なる寄稿文から引用したわけだが、教育空間論を考察する時、私たち鹿児島人にも大きな示唆を与える内容だ。

新世紀に入って早15年、戦後の日本人が先人から学んだ哲学はグローカルな思考だったと思う。幅広い視野が求められている21世紀、一言で言うなら「地球市民」をめざす人間形成ではなかろうか。史と景の国に育った私たちが自ら学んだ教育愛を全世界全世代に注げるような場を随処に設け、そして地球全体に「愛」を注げられるような人間に自らを育て、磨かなくてはならぬと考える。

２０１５年は国民文化祭が鹿児島県全域で開催される。30年前、全日本文化集会を開いた前歴を受けて催される文化の祭典だ。また翌年には絵手紙友の会による全国大会が「たぎってます鹿児島」をスローガンに宝山ホールで開催され約千五百人が来鹿の予定だ。

（『学び』 61号 H27・7・1）

Tolle Lege（取って読め）

黒田杏子《ももこ》著『手紙歳時記』（２０１2白水社）の中に紹介されている斎藤凡太さんは新潟の人、大正14年生れ。13歳から海に出て、今も磯見漁師の現役だ。「努むれば駄句の山にも花の咲く」と詠む。もう卒寿祝いはお済みになられたろうか。テレビで後姿を拝見した。

黒田女史は瀬戸内寂聴さんが京都に構える庵《いほり》で俳句人生を展開。手紙と俳句を通して深められた人々とのご縁を大事になさっている。

「私の人生をまるごと俳句で貫こう」と決意されたらしい。中学生の頃、マルタン・デュ・ガールと英文交際をされた。お母様とお兄様が熱中されていた本『チボー家の人々』が広い世界を語り合う楽しみに繫《つな》がったと書いておられた。

今、私たち夫婦は月1回の句会を通して文学に親しんでいる。年間百にも満たぬ句作にすぎないが、互選で賞に入ることもある。

「春光が献酒の銘を照らしおり」「連山も空も衣裳も桜めく」「夏句会田園空間博物館」・・・・。

先日、萬田正治先生主宰の竹子農塾の延長で全国交流の機会があり、静岡大の佐藤博明先生に拙著『天地有情』を贈呈したら、そのお返しに『ヤーヌスの目』が届いた。ユネスコ協会で活躍の田中弘允先生も同志を伴って参加され全国版サロンが育っている。農学・商学・医学、そして私の教育学等が共鳴しあう学際的時空。拙著に対し「ふるさとのあれこれを語り、学びの価値と人とのふれ合い、社会の諸相に筆を費やした展開・・・」と励まされると、ついつい有頂天になりそうだ。ローマの古代神ヤーヌスは私たちの時代をどのように眺めておられることだろう。過去を省察し、かつ未来を展望する機会、それは読書等で学んだ「知の標《しるべ》」を社会に還元する実践なのかも知れぬ。静岡大学図書館の入口には「トッレ・レゲ」というアウグスティヌスの言葉が刻み込んであるらしい。

（『学び』　62号　H27・10・1）

悟りの時空はまだ先

最近テレビを楽しむようになった。日曜日は朝「こころの時代」、昼は「のど自慢」、夕方はBSで大河ドラマの後「新・日本のうた」。吉幾三の「海」が出てくればお湯割りで妻と視る。先の放送では加音ホールで母校加治木の後輩たちが「地元高校生と唄いたい」というクリスハートに合わせて大合唱。同じ姶良市蒲生出身、西田あいの「涙割り」も花を添える。「空が恋しい」秋の雰囲気だった。

「お父さん知ってる？加藤登紀子さんは東大出の歌手よ」「とっくに知ってたよ。そういう楽しい人生、社会貢献を開拓出来る人を尊敬したいね」「あいさんの歌もいいヨ」

先々月、知覧での平和スピーチで命の尊さを訴えて高校生の部1・2位を贈られた山本真理子・大津結女さんの熱弁も加治木高校の後輩だけにこちらまで勇気をもらう。来る10月24日は霧島市P連協主催で青少年の主張コンクールの審査員を依頼されており、ワクワクしてきた。

今、ノーベル賞日本人連打で湧いている。鹿児島出身の赤崎勇さんやこのたびの大村智さんは80歳。地方創生有識者会議で市民らと懇親の折り「みんなで喜び祝う気持」がとても大事だと語り合った。川村智子さんからは「大きくピョン、小さくピョン、目標に向かって」と添えた絵手紙が届いた。「私たちもみんな長生きしましょう。これからも励まし合いいね」。

一体、真友を持つ秘訣は何だろう。高校同期生のA君が「味方千人敵千人」と忠告してくれた。自分としては敵は一人も作らないつもりだが誤解される場合がある。妻に言わせると「心の通い合わない人も必ず出てくるものヨ。大きく構えてじっと我慢し、あるいは放置、無視し忘れていくことが大切かも」と。竹馬の友の一人は「運鈍根」を唱えていた。

80代まであと4年となったが、私はまだ青春の真只中に居るような気がする。「大欲は無欲」と教わったが、向学心を満たす舞台は随処にある。悟りの時空は遥かに遠いのだ。

（『学び』 63号 H28・1・1）

「学び」の喜び

日本の近代は人口が3千万から1億人に増えた時代だ。戦後70年を振り返ると、昭和20年代の第1次、50年代の第2次ベビーブームと続くが、平成もすでに4半世紀、愈々私たち昭和世代は新世紀を守る若者たちに世界の将来を託して人生を全うせねばならぬ。先人から受けてきた大恩に感謝しつゝ孫たちに最高の愛を注ぎ、天命を果たすべく清く美しく生きぬかねば、と切に思う。

私は志を立てる段階で教育家の道を選んだ。大学では『わが国における近代的大学の成立過程』を卒論テーマとし、恩師の導きで国立教育研究所史料センター員となった。おかげで全国行脚の機会も多く、研究仲間との交流で今も互いに励まし合っている。世界新教育学会や大学史研究会のご縁で「地球市民になりたい」という決意を固めてUターン、故郷鹿児島でも全国大会を数回開催できたことに、ささやかな満足感を抱いている。

これまでの研究で学んだ一つ、それは東洋の大学は官立優先だが、西洋では学問愛好者が組合を作った史実だ。因みにハーバードもケンブリッジも私立なのである。今、生涯学習ブームだが、それは生涯に亘って自己完成を目ざすために「学び」を楽しみたいという市民の登場だと思う。国づくりに奉仕する大学も大事だが、世界平和に役立つ人間づくりの場として生活や文化に目ざめた運動だと考え直せば嬉しくなる。

昨年は県内全域の小学校沿革を悉皆調査し出版された同人・井原政純さんとの永遠の別れがあった。1月に入り、鹿児島国際大学の特別講演会『鹿児島歴史の旅』で三木靖さんらの熱弁に感動する。他方、志學館大学の教え子たちとの交流があり、A嬢からは『学び』62号所載の拙稿『Tolle Lege』への感想を添えた年賀状も届く。NHK番組の中で養老孟司さんは「言葉が感覚を無くしている」と指摘されたが、私も悲喜交々の中で「自分」を超えたくなった。

（『学び』 64号 H28・4・1）

（付）わが母校

仰げば尊しわが師の恩

任地校に在職された先生が転出後も連絡を取り合い毎年同窓会を開いているケースは数多いだろう。私の母校、霧島市立溝辺中学校も在学当時の先生が四十数年間、校歌の一節「団結かたき旗のもの友愛の花咲き薫る」と、再会を楽しんでおられる。

十数年前から教え子たちにも呼びかけがあり、私も卒業生として恩師との再会を重ねている。今年も五月の日曜日、久闊を叙する機会を得た。在学当時の校長、教頭先生の姿はすでにないが、授業を受けた先生が三人もおられ、奥様ともお話しできた。最長老は八十七歳。感涙あふれる乾杯のあいさつで会は始まった。「教児一体」の教育を展開されていた姿が思い出され、幸せを感ずるひとときだった。

岡山秀樹校長先生からバリカンで頭髪をつんでもらったこと、初めての生徒手帳を作るため、皆で宿直室に泊まり込んだ竹井勝志先生らとの思い出などがよみがえった。今回は、担任の野間猛夫先生から戦時下にあった応召の苦労話を初めて拝聴した。毎回、何かためになる話が出てくる。校歌も高らかに歌った。

仰げば尊しわが師の恩。いつまでもお達者で、来年もぜひお伺いし青春時代に帰りたいと思っている。

（南日本新聞　ひろば　'05・6・6に加筆）

（解説）

母校溝辺中を卒業したのは昭和三十年三月でした。在校時、父はＰＴＡ会長をしていました。通学距離片道一里半の山道を生徒と親は歩きそして先生方も遊びに来られ私たちを励まして下さったものです。卒業時のメッセージは永遠の宝です。なお、「長寿の歌」は昭和41年1月21日鹿児島県老人クラブ連合会総会で県の選定歌となったものを一九八八年秋時の溝辺中学校長兼廣晨史先生が改定作曲され国分市民会館ホールにおける鹿児島県作曲協会第16回作品演奏会で世に紹介してくださいました。母や私たちも招待されたのです。末っ子の喜寿記念資料として本書巻末に収めておきたい歌曲です。

〔先生方からのメッセージ〕

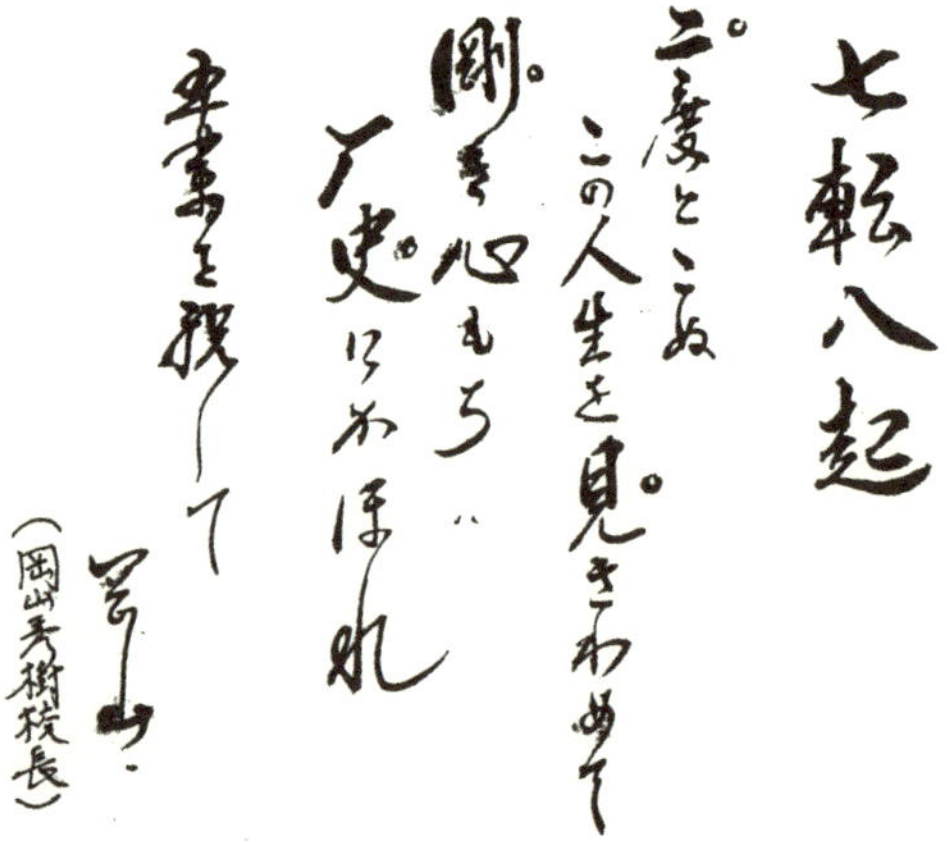

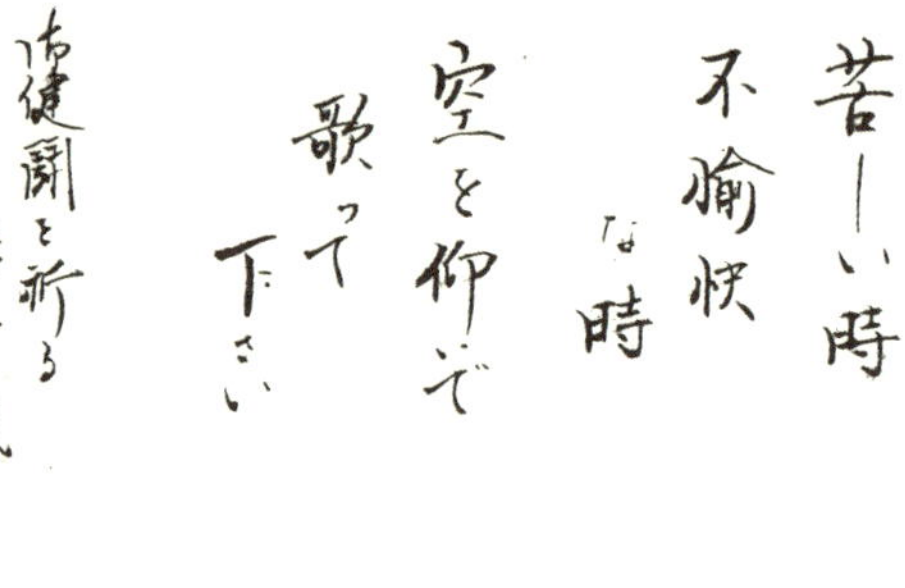

(溝辺小中の九年間私たちに音楽の楽しさを教えてくださった先生です。)

祝卒業

君は、君の秀れた理論が、自己の意に反して束縛される現実にぶち当る時があるだろう。その時君は必ずと言って云い位、或る種の不満を持つ事に成るだろう。即ちそれこそ、君を今より以上に豊かな社会人になす為の抵抗(レジスタンス)である。然して此れを破壊的にでなく建設的に処理していく事に努めるならば、これこそ君をして偉大な人間になす為の最も高価な学問の道に相当する。

願わくば強い意志を持って今日以上の栄誉をかち取られよ。

溝中教諭

田原実徳へ

長寿の歌

一　心と体を　健やかに
無理をしないで　朗らかに
言葉やさしく　微笑んで
楽しく　長く　生きましょう

二　みんなそろって　手をとって
家庭の円満　人づくり
郷土を明るく　国づくり
まじめに　強く　生きましょう

三　苦労や心配あるときは
心うちあけ　話しあい
助けられたり　助けたり
仲良く　睦み　生きましょう

四　日の丸高く　胸ひろげ
時代の流れを　よく悟り
喜び勇んで　踊りましょう
手をとり　永久《とわ》に　生きましょう

長寿の歌

二見源吾 作詞
兼廣晨史 作曲

あとがき

地域情報誌『モシターンきりしま』に「里山の心」と銘打ち連載を始めたのは平成27年3月でした。前回のエッセー集『天地有情』は「ふるさとの今と昔」を四字熟語の20編、池田学園誌『学び』投稿の10編等を軸に組立て〝かごしま国民文化祭記念出版〟の帯を巻きました。キャッチコピーには「魂とこころを磨くエッセー集」、〝文化による平和と幸福実現の思いが脈々と流れる〟とあります。

今回のシリーズ「里山の心」は三字熟語で書き連ねて16編、一旦ここで筆を止めたのにはわけがあります。実は、国文祭かごしまの番外編とも称すべき絵手紙文化の全国大会が来る２０１６年５月26日、宝山ホールと城山観光ホテルを会場に、約千名のファンを集めて開催される快挙に祝意を表したいのです。「たぎってます鹿児島」がスローガンです。池田学園誌『学び』の４編も加え計20編としました。

折しも「地方創生」運動が推進されている21世紀の日本、ふるさと鹿児島では国文祭に続いて２０２０年には国体も予定されています。いよいよ地域文化のこし方ゆく末を見詰め、先代の遺産を後世に伝えてゆかねば!!という歴史的社会的責任を感じるのは私一人ではありますまい。

私は昭和十年代の生まれ、早や喜寿の齢に達しますが、気持ちはまだ青春の真只中に生かされています。鹿児島大空襲で幼稚園が焼失し父祖の地に一家で疎開しました。溝辺中学校卒業時、岡山秀樹校長先生から「七転八起」と励まされ、加治木高校では久保平一郎校長から「平凡即非凡」の哲学を心にとめました。そして大学では恩師平塚益徳教授から「世界平和」「地球市民」をめざせと導かれたのです。Uターン後の地域社会では「生涯学習」の真意を考える人間になれそうな気がいたします。

しかし、戦後誓い合った日本再建の旗が、天災人災さまざまな形で私たちの日常生活に迫ってくる昨今、たとえば環境問題や過疎過密・少子高齢化、学歴偏重・試験競争・格差社会、あるいは大震災、火山爆発、国境問題等々、……

こんな時代・世相だからこそ、私たちは静かに崇く大きく世の中を真剣に見直し、心豊かな文化的風土を育てなくてはならない、と思います。文の力は大きい、そんな仲間の一人に先年、出版部門を発足された国分進行堂の赤塚恒久さんがおられます。そして中村明蔵さん・小野郁子さんはじめ執筆者同人各位のお力を身近に感じます。

ふり返ってみますと、三十年前姶良地区文化協会連絡協議会の記録づくりにご縁をつくられた林憲太郎さん（当時県文化協会の副会長・県議）の存在が大きいです。後継者たる私たちは、姶良伊佐地域全体をまとめることもまだできていませんが、当面は、所在地・霧島市を根拠に「ふるさと日本」の再建に尽したいと力んでおります。

九大の准教授施光恒《せてるひさ》さんの説によれば「日本文化には感受性の平等というべき感覚が伝統的にあったのではないか」「花見は平等意識のあらわれだ」というわけです。集落や仲間同志で花の下、酒を飲みかわし芸に興ずる――、里山文化は仲間で楽しむ日常生活の中から育ててゆくのだと思うこの頃です。

四季折々に世界各地で色々な語らいがなされていることでしょう。わが家には、今、全国から絵手紙が舞い込むようになりました。孫たちも時折送ってくれますが、その一つ、タケノコの絵に「おじいちゃん、孫の心を掘りあてたね」の文が添えてありました。60代70代との交信が多いのですが、97歳の方からも舞い込みました。絵手紙は居ながらにして全世代全地域を繋ぐ文化ジャンル、慰め合い励まし合い、喜び合う交流、「里山の心」の原点になりそうな感覚が育っていくようであります。

本書は、そんな地域再建の近況を綴ってみました。ご感想などぜひお寄せください。仲間の一人、郷土史家前田義人さんからは序文が届きました。題字は絵手紙仲間の看護師稲元昭《のり》子女史にお願いしました。ありがとうございます。

平成二十八年五月八日

絵手紙全国大会 in 鹿児島を祝って

鹿児島県文化協会名誉会長

二 見 剛 史

人名さくいん

（五十音順・敬称略）

題字　稲元昭子
写真　赤塚恒久
編集協力　大山隆弘
〃　東園尚一郎

著者略歴

昭和14年　鹿児島市薬師町に生まれる。昭和19～20年　鹿児島幼稚園
昭和20年　父祖の地、溝辺村有川竹山に移住。溝辺小・中から加治木高校へ
昭和38年　九州大学卒業、同大学院へ　博士課程を経て1年間九大助手
昭和42年　国立教育研究所で日本近代教育百年史(全10巻)編集事業に参画
昭和49年　日本大学教育制度研究所へ。この頃より海外視察研修に励む
昭和55年　鹿児島女子大学(現志學館大学)へ　学生部長・生涯学習センター長等
昭和57年　溝辺町文化協会長(「姶良の文化」編集委員長、現在顧問)
平成元年　溝辺町教育委員(「溝辺町郷土誌続編Ⅱ編集委員)
平成14年　鹿児島県文化協会長(九州文化協会理事・県文化振興会議委員等を兼務)
平成16年　世界新教育学会よりWEF小原賞
平成17年　志學館学園より功労賞および志學館大学名誉教授
平成18年　霧島市55人委員会委員長(兼 行政改革委員・溝辺地域審議会委員)
平成19年　霧島市薩摩義士顕彰会長　西郷公園活性化委員長
平成25年　鹿児島県文化協会名誉会長

〔主要著書〕

「日本近代教育百年史」　(共著1974, 全10巻)
「日中関係と文化摩擦」　(共著1982)
「日中教育文化交流と摩擦」　(共著1983)
「子どもの生を支える教育」　(共著1991)
「女子教育の一源流」　(1991)
「中国人留学生教育と松本亀次郎」　(1992, 論文集成)
「谷山初七郎と加治木」　(1995)
「いのちを輝かす教育」　(編著1996)
「日本語教育史論考」　(共著2000)
「新しい知の世紀を生きる教育」　(編著2001)
「鹿児島の文教的風土」　(2003, 論文集成)
「隼人学―地域遺産を未来につなぐ」(共著2004)
「はじめて学ぶ教育の原理」　(共著2008, 新版2012)
「学校空間の研究」　(共著2014)
「霧島・姶良・伊佐の昭和」　(監修2014)
「松本亀次郎研究　論文集」　(2016)

〔現住所〕　〒899-6405　鹿児島県霧島市溝辺町崎森2731-5

―エッセー集（既刊）―

1	華甲一滴	2001	鶴丸印刷
2	霧島山麓の文化	2004	国分進行堂
3	霧島市の誕生	2006	〃
4	霧島に生きる	2008	〃
5	永久に清水を	2011	〃
6	みんなみの光と風	2012	鶴丸印刷
7	源喜の森	2013	国分進行堂
8	天地有情	2015	〃

里山の心（喜寿記念出版）

–絵手紙全国大会 in 鹿児島を祝って–

２０１６年５月２０日　第一刷発行

著　者　二見剛史

発行者　赤塚恒久

発行所　国分進行堂

〒８９９-４３３２
鹿児島県霧島市国分中央３丁目１６-３３
電話　０９９５-４５-１０１５
振替口座　０１８５-４３０-当座３７３
URL　http://www5.synapse.ne.jp/shinkodo/
E-MAIL　shin_s_sb@po2.synapse.ne.jp

印刷・製本　株式会社国分進行堂

定価はカバーに表示しています
乱丁・落丁はお取り替えします

ISBN978-4-9908198-4-2　C0039